Walt Disney

EL REY LEÓN

MOUSE
WORKS

©1994 The Walt Disney Company
Impreso en los Estados Unidos.

ISBN 1-57082-128-3
10 9 8 7 6 5 4 3 2 1

El sol ardiente se elevó sobre la llanura africana, tal
como lo había hecho desde el principio del mundo.

Los primeros rayos del alba dejaban ver un espectáculo asombroso. Por
las Tierras del Reino, grandes manadas de animales avanzaban
hacia un mismo sitio.

Los elefantes marchaban a paso lento y seguro, los antílopes iban
dando saltos por la llanura, las jirafas daban grandes trancos, los monos corrían
y las hormigas desfilaban en largas hileras, mientras que bandadas de flamencos
cruzaban veloces por el cielo, con fuerte batir de alas.

Todos se dirigían a la Roca del Rey para celebrar el nacimiento del hijo del
Rey Mufasa.

Sobre ellos, en la cima de la Roca, Rafiki, el viejo hechicero, se acercó al Rey Mufasa y a la reina Sarabi. Partió una calabaza en dos, mojó un dedo con el líquido e hizo una extraña marca en la frente del recién nacido. Luego, llevó al cachorro al borde de la roca y lo alzó sobre su cabeza.

6

La llanura estalló en jubilosa algarabía.
Los elefantes trompetearon, los monos
chillaron, las cebras, los rinocerontes y
un sinnúmero de animales patearon el
suelo con sus pezuñas. Luego, hubo un
gran silencio.

Todos juntos, los súbditos del rey Mufasa
se arrodillaron ante Simba, su nuevo príncipe.

Pero un miembro de la familia no asistió
a la ceremonia. Skar, el hermano de Mufasa,
se había pasado toda la mañana jugando
con un ratón. Cuando estaba a punto de
comérselo, Zazu, el mayordomo del rey, lo
interrumpió. Sorprendido, Skar se dio media
vuelta y el ratón se escabulló.

- ¡Mira lo que has hecho, Zazu, me has dejado sin
almuerzo! - dijo enojado el león.

- ¡Perderás mucho más que eso cuando
el rey termine contigo!

Pero Skar no prestaba atención a sus palabras.
Tenía mucha hambre y Zazu se veía muy apetitoso.

Skar se abalanzó sobre Zazu, mas justo cuando
se lo iba a comer, se escuchó una voz que ordenó: ¡Suéltalo!

Skar liberó al pájaro. - ¡ Vaya, pero si es mi hermano mayor! - exclamó burlón.

- Sarabi y yo te echamos de menos en la ceremonia
para Simba - dijo Mufasa, - ¿qué te pasó?

- ¿No me digas que era hoy? - respondió Skar, - ¡Oh, pero
qué desgracia! ¡No sé cómo se me pudo haber olvidado!

- A pesar de ser tan olvidadizo, sigues siendo el hermano
del rey - le recordó Zazu.

Zazu también le recordó que debería
haber sido el primero en felicitar a su hermano.

- El príncipe heredero era *yo*, hasta que nació ese
ovillo de lana - respondió Skar.

- Ese "ovillo de lana" es mi hijo, le recordóMufasa,
 - y tu futuro rey.

- Pues . . . practicaré mis reverencias, - dijo Skar - y
dando media vuelta, se marchó.

Pasaron los días y Simba creció hasta convertirse en un joven cachorro. Una mañana, antes del amanecer, Mufasa condujo a su hijo a la cima de la Roca del Rey. Mientras el sol se asomaba por el horizonte, Mufasa le dijo, - Simba, mira a tu alrededor, todo lo que ves iluminado por el sol pertenece a nuestro reino. El reinado de los monarcas sale y se pone como el sol. Un día el sol se pondrá para mí y amanecerá contigo como el nuevo rey.

- ¿Y todo esto será mío? - dijo Simba, mientras observaba en derredor. - ¿Pero, qué es ese lugar tan sombrío?

Mufasa miró fijamente a su hijo. - Ese lugar está fuera de nuestras fronteras, Simba. Nunca debes ir allá.

Mientras se alejaban de la Roca del Rey, Mufasa dijo: - Simba, todo lo que has visto convive en una delicada armonía. Cuando seas rey, deberás comprender ese equilibrio y respetar a todas las criaturas, porque todos estamos unidos en el gran círculo de la vida.

El joven cachorro trataba de escuchar a su padre, pero un saltamontes distrajo su atención y no pudo evitar corretear tras de él.

En ese mismo instante, Zazu llegó con el informe matutino. - ¡Majestad! - dijo a Mufasa, - Las hienas han invadido vuestros dominios.

Rápidamente, el rey le ordenó a su mayordomo que llevara a Simba a casa.

- Pero, papá - ¿por qué no puedo ir contigo?- gimoteó el pequeño.

- Porque no, hijo, - respondió el rey, y corrió hacia las oscuras siluetas que se veían a lo lejos.

19

Una vez que Zazu hubo dejado a Simba en la seguridad de su hogar, el travieso cachorro vió a Skar asoleándose en una roca. - ¡Oye, tío Skar! - ¡Mi papá me acaba de mostrar todo el reino que algún día gobernaré!

Skar frunció el ceño, pero enseguida esbozó una lenta sonrisa. - ¿Así que tu padre te mostró todo el reino? ¿Y te mostró lo que está más allá de la colina, en la frontera?

- No, - respondió el cachorro, - dijo que no debo ir allá.

- Y tiene toda la razón, - dijo Skar, - es demasiado peligroso. Es un lugar al que se atreven a ir sólo los leones más valientes. Un cementerio de elefantes no es sitio seguro para un príncipe tan joven.

- ¿Un qué?, - dijo Simba excitado.

- ¡Ay de mí, siempre digo demasiado! - dijo Skar con una pérfida sonrisa. - Hazme un favor, - dijo, - prométeme que nunca irás a ese espantoso lugar; y recuerda, es nuestro pequeño secreto.

Al irse Skar, Simba permaneció mirando fijamente hacia aquel lugar lejano, en el horizonte. No se daba cuenta de que su tío había tendido una hábil trampa para deshacerse del futuro rey. . . para siempre.

Simba sabía que si se acercaba al cementerio de elefantes, desobedecería a su padre. Pero, ¿acaso no había dicho el tío Skar que sólo los leones más valientes se atrevían a aventurarse por esos parajes?

- Mi papá estaría muy orgulloso de tener un hijo tan valiente, - pensó.

Poco después, el joven príncipe fué a buscar a Nala, su mejor amiga. Se alegró mucho al encontrarla junto a su madre, Sarafina, y la reina Sarabi.

- ¡Mamá, - le dijo a Sarabi, - me acaban de contar de un lugar fantástico! ¿Puedo ir con Nala?

- ¿Y dónde queda este lugar tan maravilloso, hijo mío?
 - preguntó la reina.

- ¡Oh . . . está cerca del charco! mintió el cachorro. El tío Skar había dicho que era un secreto.

- Está bien, - dijo Sarabi, - pero Zazu irá con ustedes.

¡Oh no! pensó Simba. ¡Ese pájaro lo echará todo a perder!

Mientras Zazu iba adelante, Simba le susurró a Nala, - ¡Tenemos que deshacernos de él! ¡Realmente no vamos al charco, vamos a un cementerio de elefantes!

Cuando Zazu miró hacia atrás y los vió hablando en voz baja, exclamó, - ¡Pero qué hermosa pareja! Sus padres estarán muy contentos. ¡Un día los dos se unirán en matrimonio! ¡Es una tradición!

- ¿Casarme, con ella? ¡Ni lo pienses! - dijo Simba - ¡No me puedo casar con Nala, es mi mejor amiga y además, cuando sea rey, haré lo que me dé la gana!

Zazu sacudió la cabeza. - ¡Con esa actitud, serás un rey muy insensato!

Simba se echó a reir. - ¡Quisiera ser rey ahora mismo! - gritó el cachorro y corrió a través de la llanura. Nala lo siguió, y juntos corrieron entre las manadas de animales hasta que Zazu los perdió de vista.

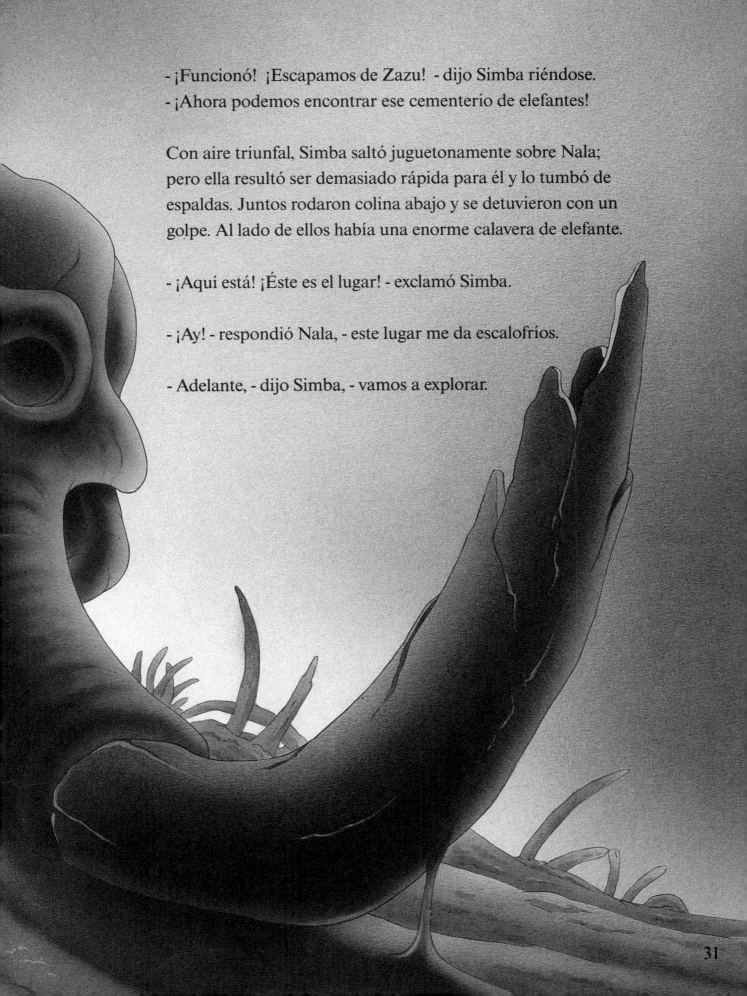

- ¡Funcionó! ¡Escapamos de Zazu! - dijo Simba riéndose.
- ¡Ahora podemos encontrar ese cementerio de elefantes!

Con aire triunfal, Simba saltó juguetonamente sobre Nala;
pero ella resultó ser demasiado rápida para él y lo tumbó de
espaldas. Juntos rodaron colina abajo y se detuvieron con un
golpe. Al lado de ellos había una enorme calavera de elefante.

- ¡Aquí está! ¡Éste es el lugar! - exclamó Simba.

- ¡Ay! - respondió Nala, - este lugar me da escalofríos.

- Adelante, - dijo Simba, - vamos a explorar.

Antes de que pudieran treparse a la calavera, Zazu los alcanzó. - Hace mucho que cruzamos la frontera - dijo - y este lugar es muy peligroso.

- ¡Me río ante el peligro! - dijo el valiente cachorro - ¡Ja, ja!

- ¡Ja, ja! - respondió la calavera, y de entre sus ojos salieron tres hienas relamiéndose.

- Vaya, vaya, vaya, mira quienes nos han venido
a visitar, Banzai, - dijo una de las hienas.

- Qué agradable sorpresa, Shenzi - respondió
Banzai - ¿Qué te parece, Ed?

Ed, la tercera hiena, sólo se pasó la lengua por el
hocico y soltó una carcajada.

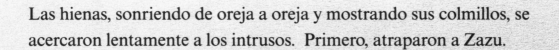

Las hienas, sonriendo de oreja a oreja y mostrando sus colmillos, se acercaron lentamente a los intrusos. Primero, atraparon a Zazu.

- ¿Porqué no te metes con alguien de tu tamaño?- gritó Simba.

Entonces, las hienas soltaron al mayordomo del rey y corrieron tras los cachorros. Cuando Shenzi amenazó a Nala, Simba le dio un zarpazo en la nariz.

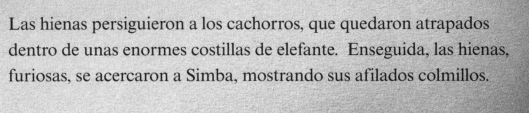

Las hienas persiguieron a los cachorros, que quedaron atrapados
dentro de unas enormes costillas de elefante. Enseguida, las hienas,
furiosas, se acercaron a Simba, mostrando sus afilados colmillos.

De repente, una enorme garra derribó a Shenzi, lanzándola,
junto con las otras dos hienas, sobre un montón de huesos. Las hienas,
golpeadas y magulladas, huyeron ante la presencia del Rey León.

- ¡Nunca más se atrevan a acercarse a mi
hijo! - rugió Mufasa.

- ¡Zazu! - ordenó Mufasa - lleva a Nala a casa, tengo que darle una lección a mi hijo.

Mientras el cachorro se acercaba tímidamente a su padre, Mufasa le dijo - Simba, me has decepcionado.

- Sólo trataba de ser valiente como tú, Papá.

Mufasa trató de sonreír. - Sólo soy valiente cuando es necesario. Escúchame bien, ser valiente no significa jugar con el peligro.

Las estrellas comenzaban a brillar en el firmamento. Simba miró a su padre y le preguntó, - ¿Siempre estaremos juntos, verdad?

Simba, te voy a contar algo que me dijo mi padre. ¿Ves cómo brillan las estrellas? Los grandes reyes del pasado nos observan desde ellas. Siempre estarán allí para guiarte... y yo también.

Más tarde, esa misma noche, Skar salió en busca de las hienas.

- ¿Nos trajiste algo de comer, viejo amigo? - preguntó Banzai.

- Sí, aunque no se lo merecen, - dijo Skar, arrojándoles un pedazo de carne -
les entregué esos cachorros en bandeja y ni siquiera pudieron eliminarlos.

- ¿Y qué querías que hiciéramos? ¿que matáramos a Mufasa? - preguntó Banzai.

- Exactamente, - respondió el hermano del rey.

Mientras las hienas devoraban su comida,
Skar ideó un nuevo plan. Esta vez,
Simba no tendría escapatoria . . .
ni su padre tampoco.

Al día siguiente, Skar se acercó a su sobrino y le dijo - Tu padre te tiene una sorpresa - y los dos descendieron por las empinadas paredes del desfiladero.

- ¿Crees que me gustará la sorpresa, tío Skar?

- La sorpresa está de *muerte*, querido sobrino. Ahora, pórtate bien y no te muevas de aquí. - dijo Skar mientras se alejaba.

No muy lejos de allí pastaba una manada de ñúes, y a poca distancia, tres hienas esperaban la señal de Skar.

Shenzi fue el primero en avistarlo. - ¡Allí está! ¡Manos a la obra, muchachos!

Las hienas corrieron hacia los animales. La manada, espantada ante el peligro, comenzó a correr en estampida hacia el desfiladero, directamente hacia el pequeño león.

Cerca de allí, Mufasa y Zazu vieron el polvo que se levantaba en el desfiladero.

- ¡Mufasa! - gritó Skar, apareciendo de detrás de una roca - . ¡Rápido! ¡Una estampida! ¡Simba está ahí abajo!

Sin pensar en el peligro, el rey de los leones se arrojó al desfiladero y rescató al cachorro de una muerte segura.

Mufasa logró llegar a una saliente en la roca y puso a su hijo a salvo.

De repente, Mufasa sintió cómo la roca cedía ante su peso y cayó de espaldas, en medio de la estampida. Gravemente herido, trató de subir por el acantilado. Al mirar hacia arriba vio a Skar.

- ¡Hermano...ayúdame! suplicó.

Skar se inclinó y le tendió la mano. - ¡Viva el rey! - susurró, y lo soltó. Mufasa no pudo sostenerse y desapareció en medio de la manada enloquecida.

Simba vio a su padre caer sin percatarse de la traición de su tío. Cuando los ñúes se hubieron alejado, el cachorro corrió, desesperado, hacia donde yacía Mufasa. Sacudió el cuerpo inmóvil de su padre, pero el gran rey había muerto.

Skar se acercó a Simba y le dijo - ¡Mira lo
que has hecho!

¡Trató de salvarme! - respondió el cachorro.

¡Tu padre ha muerto por tu culpa! - ¡Huye,
Simba...huye y nunca te atrevas a volver!

Confundido y con el corazón destrozado,
Simba echó a correr. No vio cuando las
hienas se reunieron con Skar ni tampoco
escuchó cuando su tío ordenó que lo mataran.

Las hienas alcanzaron a Simba justo al borde de la meseta. Sólo había una forma de escapar. El cachorro se lanzó al vacío y cayó sobre una maraña de espinas.

Las hienas no se atrevieron a seguirlo, y se quedaron en la orilla de la meseta, gritándole insultos.

- ¡Si te atreves a regresar, te mataremos! amenazaron las fieras.

Convencido de que Simba había muerto, Skar regresó
a la Roca del Rey con la triste noticia.

- Mufasa, mi querido hermano, ha muerto como un héroe,
- anunció solemnemente. - Sacrificó su vida para salvar
a su hijo. Pero por desgracia, ambos han perecido.

Sarabi, Nala y las demás leonas comenzaron a lamentarse.
Lentamente, Skar se sentó en el trono de su hermano.
- Con todo el dolor de mi alma, ahora soy vuestro
nuevo rey.

Desde lejos, Rafiki observaba la escena, sacudiendo su
cabeza con incredulidad.

Herido y agotado por su encuentro con las hienas, Simba caminaba dando
tumbos por el sofocante desierto africano. Los buitres revoloteaban sobre
su cabeza, bajo el ardiente sol del mediodía. Sin poder dar ni un
paso más, Simba rodó desmayado por el suelo.

Cuando abrió los ojos, el sol y los buitres habían desaparecido,
pero una suricata y un jabalí lo estaban observando.

- ¿Estás bien, muchachito? - preguntó la suricata.

- Por poco te mueres, - dijo el jabalí. - ¡Te salvamos la vida!

- Gracias por su ayuda, respondió el leoncito con voz triste.
Simba se paró sobre sus temblorosas patas e intentó marcharse.

- ¿De dónde vienes? - inquirió la suricata.

- Eso no importa, - dijo el cachorro, quedamente. Luego admitió - Por mi culpa ha pasado algo terrible...pero no quiero hablar de eso.

- ¡Entonces eres un vagabundo, - gritó la suricata, - igual que nosotros! Yo soy Timón y mi amigo se llama Pumba. Sigue mi consejo, muchacho, y olvídate de tu pasado. ¡Sin pasado, sin futuro, sin problemas! ¡*Hakuna matata*!

Sin tener a donde ir, Simba siguió a Timón y a Pumba a su hogar en la selva. Mientras Timón le pasaba a Simba un insecto para que comiera, la suricata comentaba, - No hay mejor vida que ésta. Sin reglas, sin responsabilidades y, lo mejor de todo, sin preocupaciones.

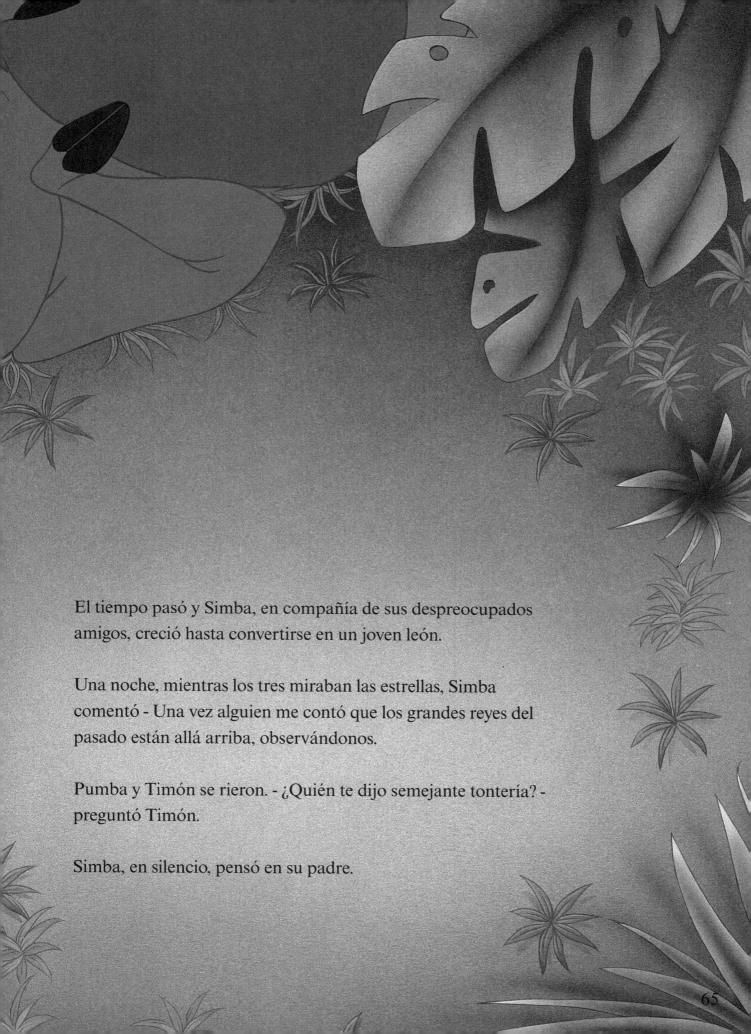

El tiempo pasó y Simba, en compañía de sus despreocupados
amigos, creció hasta convertirse en un joven león.

Una noche, mientras los tres miraban las estrellas, Simba
comentó - Una vez alguien me contó que los grandes reyes del
pasado están allá arriba, observándonos.

Pumba y Timón se rieron. - ¿Quién te dijo semejante tontería? -
preguntó Timón.

Simba, en silencio, pensó en su padre.

Al día siguiente, mientras Simba paseaba por la selva, escuchó
a sus amigos que pedían auxilio.

Simba corrió hacia el lugar de donde provenían los gritos. Pumba
estaba atrapado debajo de un árbol caído y Timón trataba de
protegerlo de una hambrienta leona.

Simba se arrojó sobre la leona y la echó por tierra.
Por un momento forcejearon, pero la leona acabó
por tumbarlo de espaldas y lo miró fijamente.

- ¿Simba? - preguntó con incredulidad.

- ¿Nala? - respondió el león.

Mientras los leones se abrazaban, Timón
preguntó - ¿Pero qué significa todo esto?

Simba se rió y les presentó a su amiga. Ella sonrió
cortésmente, pero no podía dejar de mirar al joven león.
Finalmente dijo, - Todos piensan que estás muerto.

- ¿De verdad? - respondió.

- Sí. Skar nos contó sobre la estampida.

- ¿Y qué más les contó? - preguntó Simba cautelosamente.

- ¿Eso qué importa? exclamó Nala. - ¡Estás vivo, y eso
significa que eres el rey!

¿El rey? - repitieron Timón y Pumba sorprendidos.

Simba y Nala se excusaron y se adentraron en la selva. - Skar ha permitido que las hienas se apoderen del reino - dijo Nala. - Todo está en ruinas. No hay comida ni agua. Simba, si no haces algo pronto, todos moriremos de hambre.

- No puedo regresar, - insistió.

Nala no podía comprender porqué Simba se negaba a asumir su responsabilidad y a ayudar a la manada. - ¿Qué te ha sucedido? preguntó preocupada. - No eres el mismo Simba de antes.

- Tienes razón, no lo soy - ¿satisfecha? - respondió.

Antes de retirarse, Simba agregó enojado, - ¡Escucha! ¿Crees que puedes aparecer de repente y decirme cómo debo vivir mi vida? No tienes idea de todo lo que me ha pasado.

Nala trató de detenerlo, pero Simba se alejó.

71

Esa noche, mientras sus amigos dormían, Simba miraba el cielo lleno de estrellas, sentado sobre una roca. - No me importa lo que digan los demás, - dijo en voz alta. - Nunca regresaré. No serviría de nada. No se puede cambiar el pasado.

Entonces Simba escuchó un extraño sonido. En algún lugar de la selva, alguien cantaba con voz melodiosa. De repente, de la nada, apareció la figura de un viejo mandril.

- ¿Quién eres? - preguntó el león algo molesto.

- La pregunta es, quién eres tú. - respondió el mandril.

Simba pensó por unos instantes y luego suspiró.

- Conozco a tu padre. - dijo el viejo mandril.

- Mi padre está muerto - le respondió el león.

- ¡No!, dijo el anciano, - está vivo, y te lo voy a demostrar.
Sólo sigue al viejo Rafiki, él te enseñará el camino.

El viejo mandril condujo a Simba a un claro y tranquilo
estanque. - Mira el agua - le indicó.

En el estanque, Simba sólo vio su propio reflejo.

- Concéntrate *más* - insistió Rafiki.

Una suave brisa rizó la cristalina superficie. Cuando el agua quedó en calma, Simba vio el rostro de su padre.

- ¿Lo ves? - dijo el hechicero. ¡Vive en ti!

Simba escuchó una voz que lo llamaba por su nombre, miró hacia el firmamento y distinguió la imagen de su padre entre las estrellas.

- Busca dentro de ti, Simba - dijo la imagen. - Hay más en ti de lo que tú mismo imaginas. Debes tomar tu lugar en el gran círculo de la vida. Recuerda quién eres...eres mi hijo, y el único y verdadero rey. Nunca lo olvides...

La visión se desvaneció. Simba se quedó pensativo.

A la mañana siguiente, Nala, Timón y Pumba buscaron a Simba por todas partes. Finalmente encontraron a Rafiki.

- No lo hallarán por estos lados, - dijo el mandril. - ¡El rey ha vuelto!

- ¿Y eso qué significa? - preguntó Timón.

- ¡Ha regresado para enfrentarse a su tío! - exclamó Nala.
- Debo acompañarlo.

- Yo también, - dijo Pumba. Se dio vuelta hacia su amigo y le dijo,
- Timón, es un asunto de responsabilidad.

- ¡No, gracias! Yo me quedo aquí. - dijo Timón.

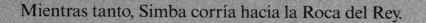

Mientras tanto, Simba corría hacia la Roca del Rey.

En su tierra natal, todo estaba en ruinas. Por un momento dudó, pero sintió
una fresca brisa y vio nubes en el horizonte. Con renovada esperanza, siguió adelante.

Pronto Nala, Pumba e incluso Timón se unieron a él. Al acercarse a la Roca del Rey,
vieron algunas hienas. Pumba y Timón se quedaron atrás para distraer a la jauría.
Nala fue a buscar a las leonas y Simba continuó solo, en busca de su madre.

Mientras tanto, en la Roca del Rey, Skar gobernaba con mano de hierro.

- ¿Dónde está lo que han cazado? - le gritó a Sarabi.

- No hay comida, - respondió ella. - Las manadas se han ido. Sólo nos salvaremos si abandonamos la Roca del Rey.

- No iremos a ninguna parte, - gruñó el usurpador.

- Entonces nos moriremos todos - respondió Sarabi.

- ¡Que así sea! ¡Yo soy el rey y se hará como yo diga!

- Si tan sólo te parecieras un poco a Mufasa. . .
- comenzó a decir Sarabi.

Encolerizado, Skar la derribó de un golpe.

De entre las rocas surgió un terrible rugido. Skar se dio media vuelta y vio a un gran león parado frente a él.

¿Mufasa?, dijo con voz entrecortada. - ¡No! No puede ser, estás muerto. Espantado, Skar comenzó a retroceder ante el fantasma. ¿Qué quieres de mí? - gritó.
- ¿Por qué has regresado? ¡Vete, vete de aquí! ¡Déjame en paz!

A pesar de los años transcurridos, Sarabi reconoció a su hijo. - Simba- dijo suavemente - ¡Estás vivo!

- ¡Simba! - exclamó Skar y dirigió una mirada amenazadora
a las hienas que lo habían dejado escapar con vida.

- El reino me pertenece - declaró Simba, - ríndete, embustero.

Skar se rió. - Por mí, lo haría, pero existe un pequeño problema
- y les hizo una señal a las hienas.

Las hienas, enfurecidas, se abalanzaron sobre Simba. El joven
león resistió con todas sus fuerzas, pero viéndose superado en
número, tuvo que retroceder hasta el borde del acantilado.

- ¡Basta! ordenó Skar. Las hienas retrocedieron, dejando el paso libre para que Skar se acercara a su enemigo, que luchaba por no caer al abismo.

- Esto me recuerda algo-dijo Skar socarronamente: - Oh, sí. . . ya recuerdo, tu padre tenía la misma expresión cuando lo maté.

Haciendo un tremendo esfuerzo, Simba se arrojó sobre su tío. Skar, al verse atacado, ordenó a las hienas que lo ayudaran.

Pronto llegaron Nala, las leonas, Timón y Pumba, quienes atacaron a las hienas con furia.

Mientras los dos bandos combatían, cayó un rayo sobre la hierba reseca de la llanura. El viento enfurecido avivó las llamas, empujándolas hacia la Roca del Rey.

En el fragor de la batalla, Simba
había perdido de vista a su tío;
pero de pronto, lo divisó
tratando de escapar por la Roca
del Rey. Simba subió raudo
por la empinada
ladera, esquivando el fuego y el humo,
hasta llegar adonde estaba Skar.
Ahora lo tenía acorralado.

- ¡Simba, tú no comprendes, - insistió Skar, - yo no maté a tu padre, las hienas lo mataron, ellas son el verdadero enemigo. Ahora que has regresado. . . podremos derrotarlas juntos!

- Huye Skar, - dijo Simba, repitiendo el consejo que su tío le había dado, - huye y nunca te atrevas a volver.

Skar comenzó a retirarse, pero sorpresivamente se dio media vuelta y se lanzó sobre Simba. El joven león, con un rápido movimiento, lo arrojó al vacío. Del fondo del abismo, el sonido de las hienas hambrientas reveló la horrible suerte de Skar.

Al comenzar a llover, Simba subió hasta la cima de la Roca.

Las nubes se apartaron y dejaron al descubierto un hermoso cielo estrellado.

Simba dio un rugido triunfal y todos los que lo oyeron se llenaron de alegría.

Al mando del sabio y valiente rey, las Tierras del Reino se volvieron prósperas,

las manadas regresaron y hubo comida en abundancia.

Una vez más, los animales estaban reunidos para celebrar el nacimiento del hijo del rey. Orgullosos, Simba y Nala observaron cómo Rafiki alzaba al nuevo príncipe sobre la Roca del Rey.

Mientras el sol de la mañana bañaba la llanura africana, Simba recordó lo que le había dicho su padre. «El reinado de los monarcas sale y se pone como el sol. Un día, el sol se pondrá para mí y amanecerá contigo como el nuevo rey».

Algún día, Simba le diría esas mismas palabras a su hijo, y el gran ciclo de la vida continuaría. . . eterno.